Les Fables de Ninio

Du même auteur

Rêve d'envol,
2009, roman, Éditions Anne Carrière.

La Cruche cassée,
2011, roman, Éditions Anne Carrière.

Désir d'ailleurs,
2002, récit, journal « Vivant Univers ».

Hayat El Yamani

Les Fables de Ninio

Publibook

Retrouvez notre catalogue sur le site des Éditions Publibook :

http://www.publibook.com

Éditions Publibook
14, rue des Volontaires
75015 PARIS – France
Tél. : +33 (0)1 53 69 65 55

IDDN.FR.010.0116789.000.R.P.2011.030.31500

Cet ouvrage a fait l'objet d'une première publication aux Éditions Publibook en 2011

Retrouvez l'auteur sur ses sites Internet :

www.elyamani.com — site de l'auteur
www.revedenvol.com — site de *Rêve d'envol*
www.hayatelyamani.com — site de *La Cruche cassée*

et aussi sur Facebook :

Hayat el Yamani ou Hayat Yamani

Je m'appelle Ninio. J'ai huit ans et demi, et depuis que je suis grand, j'adore parler à mes statues que je fabrique seul avec de la terre spéciale.

Des fois, je les mets en rond, comme des amis vivants, pour leur raconter ce qui m'arrive. Quand c'est gai, leurs figures deviennent gaies ; quand c'est triste, elles deviennent tristes aussi.

J'ai essayé d'expliquer ça à Papa, mais il demande à chaque fois : « T'es sûr ? », avec un air qui ne me croit pas. Maman, c'est : « Arrête tes bêtises, fais plutôt tes devoirs », et Ninia, ma sœur jumelle, elle toc-toque avec son doigt sur son front en me traitant de fou.

Ça m'embête qu'ils n'arrivent pas à me croire, mais tant pis. Et pour ne pas perdre mes histoires, j'ai décidé de les écrire. Ouf ! Je peux le faire tout seul ! Après, ça me fera très plaisir si vous qui allez les lire, j'arrive à vous rendre comme mes statues, des fois gais, des fois tristes.

La greffe

Les jumeaux

Quand ils apprennent qu'on est jumeaux Ninia et moi, plein de gens demandent « des vrais ou des faux ? ».

Je suis obligé d'expliquer : « Une pomme coupée en deux, ça ne donne pas une pomme plus une banane », et ils disent en rigolant : « C'est vrai ça, mon petit bonhomme, une fille, un garçon, ça ne peut pas être des vrais jumeaux ! »

Je trouve bête de m'appeler « mon petit bonhomme » alors que j'ai un nom, et de poser la main sur ma tête, ça me décoiffe. Quand mes cheveux ne sont pas propres, je pense : « bien fait pour eux, ils se sont salis en racontant des bêtises ! ».

Enfin !

L'autre jour, Ninia a appelé notre tante Kao pour lui expliquer qu'elle doit venir me garder. Je n'aime pas qu'on parle de moi à ma place, mais là je ne pouvais rien dire : Kao doit venir, parce que ma sœur va se faire greffer. C'est son histoire à elle, pas la mienne.

On attendait depuis longtemps, et ouf ! Le téléphone a sonné pour prévenir que c'est son tour d'aller à l'hôpital. Je ne peux pas l'accompagner, Papa m'a commandé de garder la maison.

Je ne comprends rien de ce qu'il raconte pour la greffe, mais sur sa tête il y a marqué de ne pas le croire, même s'il répète que ça va se passer sans problème.

Moi, quand on ne sait pas, je préfère qu'on se taise !

Le pingouin

Le matin où ils sont partis, Ninia portait sa robe rose, moi mon gros blouson. Maman trouve que je ressemble à un pingouin quand je le mets. Elle croit que ça m'embête, mais ça ne me gêne pas de ressembler à un oiseau gentil, et malin parce qu'il sait bien supporter le froid !

Dans l'aéroport, y'avait beaucoup de bruits et de gens. Elle n'était pas triste, ma sœur, elle a même voulu me rendre jaloux parce qu'elle prenait l'avion sans moi. Je n'ai rien dit pour ne pas lui faire de peine, mais je préfère les voyages pour s'amuser plutôt que les voyages pour avoir une greffe.

Elle a cogné son front contre le mien pour dire au revoir, sans toucher mes lunettes, alors que d'habitude elle me fait mal avec, et ensuite ils sont allés tous les trois montrer leurs passeports aux policiers.

Je suis reparti avec Kao, mais quand j'ai vu un avion sur la piste et des hommes qui mettaient des bagages dedans, je me suis rappelé. Je suis revenu en courant pour demander à Ninia de bien regarder si les nuages sont mous ou durs, parce que moi, de la terre, je n'arrive pas à savoir.

Ensuite, j'ai prié pour que le ciel ne soit pas toujours bleu, sinon, elle ne verra rien du tout.

Le bonzaï

Quand on est revenu à la maison, y'avait un silence horrible ! Horrible ! La maladie, c'est une voleuse de famille !

Même si on n'avait pas faim, Kao a préparé à manger, pendant que moi je m'occupais des plantes que personne n'avait arrosées tellement on avait des têtes en désordre depuis une semaine !

J'ai mis de l'eau à tout le monde sauf au bonzaï. Je ne l'ai jamais aimé, lui, mais en plus ce jour-là, il m'a regardé comme s'il cherchait la bagarre. Alors j'ai coupé ses branches une par une, et pour terminer, je l'ai arraché tout entier de la terre. J'ai tiré tellement fort que mes yeux se sont ouverts en grand et que ça m'a fait couler des larmes !

Kao s'est fâchée. Elle a demandé pourquoi j'ai fait ça, et j'ai dit qu'un bonzaï, c'est très bête, ça donne plein de travail juste pour ne pas grandir !

Elle n'a pas aimé mon explication, elle a dit que le désordre n'est pas permis et que tuer un bonzaï, c'est très bête aussi. En plus, elle le trouvait joli, et ça ne m'a pas plu du tout. Ça m'a mis très en colère, même, et j'ai crié :
— Tu seras plus jolie, toi, si quelqu'un te coupe les bras et les jambes parce qu'il aime ce qui est tout petit petit ? Tu seras plus jolie et ça te fera plaisir ?

Elle a été estomaquée. Elle a répondu :

— Non, je crois bien que non.

Et comme elle ne bougeait pas, j'ai encore crié en lui mettant une branche tellement près de son nez que ça l'a chatouillée :

— En plus de ça, Ninia, on va lui couper dedans, et ce n'est pas du plaisir !

Les personnages de mes rêves

Pour ne pas rester comme des fantômes tout bêtes chacun dans son coin, on a décidé avec Kao de dormir ensemble dans mon lit qui est juste assez grand. Mais ses cheveux, elle en a tellement que c'est une jungle où je peux m'étouffer ! Alors je les ai mis bien en arrière avant de m'approcher tout près, surtout que son corps, c'est une chaudière ! Mieux que les couvertures !

J'ai demandé à dormir avec sa main par-dessus mes yeux, à cause des personnages de mes rêves : si je suis sûr d'avoir les paupières bien fermées, je n'ai pas peur, mes personnages sont dedans moi, ce sont les miens. Mais si mes yeux s'ouvrent, alors je ne suis plus sûr et ça me fait trembler de penser qu'ils sont partout dans la chambre et qu'ils vont me sauter dessus !

Une fois, j'ai voulu m'en sortir seul, avec du gros scotch collé sur tout le haut de ma figure, mais en l'enlevant le matin, j'ai arraché mes sourcils ! C'était horrible ! J'avais mal, j'étais moche, et tout le monde me traitait de « borgne avec une imagination loufoque » !

Le tunnel élastique

Quand je me suis réveillé, c'était encore la nuit mais plus très noire. J'étais tellement triste et coupé en deux sans ma sœur que je suis allé me coucher dans son lit.

En vérité, j'ai fait ça pour la rassurer. Il y a un tunnel entre nos deux têtes, et on peut savoir ce qu'il y a dedans, même de très loin. C'est un tunnel invisible et élastique, qui se détend autant qu'il faut, mais juste quand il veut !

Alors, comme j'ai compris que je ne peux pas le commander, je fais comme s'il était toujours là !

Kao et moi

M'hypnotiser

La pendule du couloir avec sa longue tige qui n'arrête pas de se balancer, j'ai essayé de m'hypnotiser tout seul grâce à elle : je me suis mis debout devant, je n'ai plus bougé, et j'étais tellement concentré juste à la regarder que le monde autour s'est gommé. Dans mes yeux, il y a eu plein plein de tâches noires qui se tapaient entre elles. J'attendais d'être bien hypnotisé pour m'ordonner des choses, dormir sur un pied comme un flamant rose, devenir un extraterrestre, ne pas être triste quand Ninia n'est pas là, et d'autres choses secrètes, mais patatras ! Kao m'a secoué comme un chiffon plein de poussière !

J'étais en colère en expliquant mon expérience ratée à cause d'elle, et elle s'est excusée : elle a dit qu'elle a eu très peur parce qu'elle m'a appelé sans que je lui réponde. Elle a même cru que je faisais exprès de tomber par terre !

Je ne sais pas vous, mais moi, je ne comprends vraiment pas pourquoi on a peur quand quelqu'un se tait en restant debout devant une pendule !

Mes statues

Pour lui pardonner mon hypnose ratée, j'ai demandé à Kao qu'on débouche l'évier tout de suite. J'ai pris les cheveux qu'on en a sortis, il y en avait pas mal, je les ai lavés, et je les ai mis en ordre pour les coller sur le crâne de mes statues qui était vraiment trop nu. Elles sont beaucoup mieux avec leur nouvelle coiffure, et j'ai décidé de les présenter à Kao. Comme ça, elle ne demandera plus ce que je fabrique seul dans ma chambre, alors que je ne suis pas seul du tout !

Celui qui est toujours bien assis, tranquille au milieu, c'est monsieur Bête, qui a une cervelle moins grande qu'un pois chiche. Quand on le secoue, on la voit tourbillonner dans son crâne, et ce n'est pas avec ça qu'il va comprendre le monde. Mais je l'aime bien quand même.

À côté de lui, monsieur Poubelle a la tête remplie de petites boules qui se tapent dessus. Ça ne l'aide pas non plus à bien réfléchir, alors il imite les réactions de monsieur Triste ; lui, avec sa tête bien pleine et sa cervelle qui remplit toute la place, il a beaucoup plu à Kao !

Mon préféré à moi, c'est monsieur Joyeux ! Ses idées toc-toquent pour qu'on les entende, ça fait des étincelles, alors dans son crâne il y a une grosse boule rouge avec des étoiles de toutes les couleurs. Et j'ai beaucoup de travail à en rajouter tellement il invente des idées nouvelles !

En plus, il est très gentil, il reste tout le temps à côté de ma statue Dame, pour qu'elle ne s'ennuie pas. Depuis qu'elle est enceinte, c'est dur de porter son gros ventre, mais qu'est-ce qu'elle a été contente pour les cheveux !

La rose du cimetière

Un soir, ma tête ne m'a plus obéi du tout ! Elle voulait avoir Ninia, là, maintenant, elle ne comprenait pas que c'était impossible et elle avait peur de ne jamais la revoir ! Ça m'a fait trembler de partout, tellement que j'ai demandé à Kao de rester avec moi si je perdais ma famille. Elle m'a traité d'idiot qui raconte des bêtises, et j'ai crié que j'avais très peur ; en plus très honte.

Alors elle a dit doucement : « Avoir peur, c'est normal, on n'est pas des robots, mais la honte, ce n'est vraiment pas la peine, surtout toi ! ». J'ai grogné qu'elle ne peut pas imaginer parce que ça ne lui arrive jamais, et pour montrer que j'avais tort, elle a raconté une histoire qu'on a trouvée la plus belle du monde, mes statues et moi !

Quand elle était étudiante, elle aimait les fleurs, sans avoir d'argent pour en acheter, ni quelqu'un pour lui en offrir. Alors un jour qu'avec une amie elle traversait un cimetière aux tombes couvertes de bouquets, ça leur a tourné la tête, et elles ont pris deux roses du plus grand vase. Une pour chacune, il en restait au moins cinquante !

Chez elle, sa fleur dans une bouteille en plastique, elle l'a trouvée très jolie et je n'ai rien dit, même si moi, une rose sans copines pour bavarder, je trouve ça triste.

La nuit a tout changé, avec des cauchemars pleins de squelettes, de vieilles dames qui sortaient de leurs tombes en pleurant, d'épines qui lui piquaient le corps partout, de tiges qui s'enroulaient sur son cou et serraient très fort ! Ça l'a étouffée tellement que ça l'a réveillée, avec une honte terrible, beaucoup plus terrible que la mienne quand j'ai peur.

Le matin, elle s'est dépêchée d'aller sur la tombe remettre la fleur avec ses copines, mais elle a vu qu'elles n'étaient toujours pas contentes. Alors elle a couru acheter un gros bouquet, tellement cher qu'elle a mangé moins pendant une semaine pour le payer.

Elle n'a été tranquille qu'après l'avoir posé à côté de l'autre et moi, j'étais content, très content d'elle. Bien sûr elle a eu faim, mais le principal, c'est que la dame morte a dû être bien contente dans sa tombe !

Le lézard

Il y avait un beau lézard vert et violet dans le jardin, un vrai maître de calme qui ne bougeait pas. Je me suis dépêché de trouver le couvercle transparent de la grande poêle, et whoum ! Je l'ai fait prisonnier avec.

Là-dessous, plus je le regardais, plus j'avais envie de le garder pour toujours. J'ai commandé à Kao de soulever le couvercle pour que je l'attrape, on s'est regardés pour se préparer, on a fait comme on a dit, mais le lézard a réussi à se sauver en vitesse. Je suis resté très bête avec juste sa queue toute longue et toute fine entre mes doigts !

Au début, elle a gigoté dans ma main. Ensuite, quand elle n'a plus bougé, je l'ai mise dans une boîte avec du coton, exactement comme un bébé dans son berceau, et je vais la garder pour toujours. Mais ça m'a rendu triste que le lézard l'ait laissée pour sauver sa vie, alors que moi, je ne pouvais rien m'enlever pour sauver la vie de Ninia.

Ouf !

L'oiseau du paradis

Le jour même de la greffe, quand elle a vu que j'avais remis mon blouson de pingouin, Kao a fermé la fenêtre, mais ce n'était pas la peine. J'avais froid du dedans, ça ne servait à rien de me chauffer du dehors. Mes mains au fond de mes poches étaient comme de la glace, et elles voulaient rester cachées. En plus de ça, ma cervelle bougeait comme un œuf sur le plat mal cuit, impossible d'entendre le tunnel élastique !

Je suis resté collé au téléphone tout le matin, sur la chaise où mes pieds ne touchent pas par terre, et à force de se balancer dans le vide, mes jambes ressemblaient à des ailes de moulin.

Le téléphone a sonné juste quand j'ai rêvé d'avoir une télécommande pour faire passer le temps plus vite – juste juste –, et la voix de ma sœur, c'était mieux que le meilleur dessert du monde, je le jure !

Je me suis calé au fond de la chaise pour bien écouter, avec l'oreille droite qui est du côté de mon ange gardien gentil, et elle a expliqué : « Une greffe, c'est se coucher dans un lit, on a une piqûre, on n'entend plus rien, on n'sent plus rien, on a très envie de vomir quand on se réveille et c'est interdit de bouger. »

On n'avait pas la permission de parler longtemps, alors j'ai dit que je serrais le téléphone dans mes bras comme s'il était elle, elle devait juste imaginer. Et j'étais tellement content que je n'ai plus eu ni froid ni peur. Ça chantait dans ma tête à tue-tête, j'ai enlevé mon blouson, et au lieu d'être un pingouin, je suis devenu un oiseau plein de couleurs qui vole au paradis.

Après, pour aider Kao, j'ai fait une omelette. Elle s'est tordue quand je l'ai renversée dans les assiettes, elle avait envie de se tenir comme elle voulait, pas comme une omelette polie qui se tient bien. Je l'ai mangée en regardant la cuisine, et j'ai dit : « Ils ne sont pas là, mais ça va bien quand même ! ». J'étais content, très content, le monde entier était mon ami, même les bulles de mon jus d'orange qui se promenaient sans se presser. Des fois, elles se tamponnaient entre elles, mais c'était gentiment.

Le sang rose

Pour fêter la greffe de Ninia, j'ai accepté de montrer mes dessins à Kao. J'ai juste demandé un peu de temps pour ranger ceux qui doivent rester secrets pour toujours, et elle a menacé de se transformer en souris pour venir les voir. Je ne me suis pas laissé embêter, j'ai dit : « Je vais mettre des pièges à rat à l'entrée de ma chambre, tu seras morte avant d'arriver dedans ! »

Dans le classeur vert, son dessin préféré, elle n'a pas compris tout de suite qu'il est triste. C'est un dessin aux bords jaune doré, le milieu rose avec des traits rouges et des personnages noirs, des petits et des gros. En vérité, c'est l'histoire de la patinoire le jour où j'y suis allé avec Ninia.

Au début, il y avait de la glace blanche et des lampes partout qui faisaient le doré du dessin. Les personnages noirs, c'étaient les patineurs.

Après, schstak ! Une fille est tombée, droite comme un poteau ! Elle s'est fait mal, du sang a coulé je ne sais pas d'où, mais ouf !, l'ambulance est arrivée très vite et l'a emmenée.

Tout le monde regardait le sang sans parler, et puis la musique est revenue, très fort, et le haut-parleur a dit qu'il fallait patiner ou partir.

Alors les gens ont repatiné, et au début, ils faisaient un détour quand ils arrivaient près de la tache qui ressemblait à de la gélatine. Ensuite, quelqu'un est passé dessus, ses patins ont tracé une ligne rouge sur la glace, comme s'ils étaient un stylo et le sang de l'encre. Plein d'autres ont fait pareil et à la fin, il y avait comme une grande tache rose.

Alors voilà, mon dessin, c'est de la glace avec des imbéciles qui patinent sur du sang, et ce n'est pas beau du tout.

La souris

Elle n'a pas peur des squelettes qu'elle m'emmène voir dans les musées, Kao, mais alors les petites bêtes, incroyable ! Dès qu'il y en a une, elle change de place en expliquant : « Les animaux et moi, on s'aime de loin ». C'est pour faire semblant de ne pas avoir peur, et moi je trouve ça idiot, parce qu'on ne peut pas être amis juste de loin tout le temps.

Quand j'ai parlé de ma nouvelle souris, elle a pensé à celle de l'ordinateur, c'est sûr et certain. Alors qu'est-ce qu'elle a été surprise de voir ma souris grise sur son bras ! Waouh ! Elle a sauté en l'air en me traitant de traître qui doit lui enlever ça tout de suite !

Moi, j'avais envie de m'amuser, c'était trop bien, j'étais juste embêté pour la souris. S'accrocher sur un bras qui gigote, ça devait lui faire un sacré tremblement de terre ! Elle levait la tête pour chercher du secours, et j'ai commandé : « Caresse-la au lieu de t'agiter. C'est un animal gentil qui ne va pas t'embêter ! »

Mais Kao sautait comme un singe sans m'écouter. Elle a même crié : « Enlève-moi ça, je te supplie, je t'ordonne, jette-le, noie-le ! »

Là, je me suis fâché. J'ai expliqué qu'une souris, l'eau ce n'est pas pour elle, et si on la met dedans, elle gigote pour remonter à la surface, comme un spermatozoïde qui court après l'ovule.

Elle s'est arrêtée tout net en demandant : « Tu sais ce que c'est un spermatozoïde, toi ? »

Comme je n'aime pas quand elle me prend pour un bébé, je n'ai rien répondu. J'ai juste repris ma petite bête, je l'ai caressée pour la reposer de son tremblement de terre, et je peux dire que ça ne pleure pas, une souris qui a eu très peur, mais son cœur toc-toque plus fort que le gros réveil de Grand-Mère !

Un jeu

À vous qui lisez mes histoires, je fais cadeau d'un jeu que j'ai inventé ! Voilà : on a juste besoin de sa tête pour réfléchir, et imaginer la chose impossible à faire avec notre corps tout seul.

On a tiré au sort avec Kao et j'ai commencé :

— On ne peut pas pleurer juste d'un œil !

Elle m'a stoppé :

— Si, ça arrive quand on reçoit une poussière, il y en a un qui pleure, l'autre pas forcément.

J'ai continué :

— Les cheveux, ils se dressent sur le crâne quand on a très peur, pas quand on leur commande.

Elle a ricané.

— Si, ils peuvent se dresser avec un courant électrique, dès qu'on veut !

J'ai détesté sa tête de gagnante, j'ai crié :

— Ce n'est pas du jeu, tu triches ! C'est impossible à faire rien qu'avec toi-même, il te faut de la poussière pour l'œil et de l'électricité pour les cheveux !

Je n'ai plus voulu continuer. Kao, là, j'ai trouvé qu'elle était devenue comme beaucoup d'adultes qui ne suivent pas les règles du jeu. Je crois qu'ils font ça parce qu'ils se croient plus intelligents que les enfants.

La vérité

Un matin, Kao a raconté son rêve de la nuit, parce que j'étais dedans avec Ninia.

On était dans sa voiture sur une route et on chantait tous les trois. À un moment, j'ai demandé de s'arrêter pour faire pipi, mais elle a dit « retiens-toi jusqu'à ce qu'on arrive ». Et comme c'était trop pressé, j'ai insisté, alors elle s'est garée.

On est sortis tous ensemble, et, juste à ce moment-là – juste juste – une grosse pierre pointue du bout est tombée sur la voiture en l'écrabouillant. Alors on a fait pipi, mais on a fini la route à pieds, obligés.

Kao a expliqué :

— Tu vois, dans ce rêve, c'est comme dans la vie, par manque de patience, on s'est mis dans une mauvaise situation !

Moi, je n'étais pas d'accord du tout ! J'ai répondu :

— On a fini la route à pied, c'est sûr que c'est embêtant ! Mais la vérité vraie, c'est que j'ai demandé à faire pipi, et qu'on a été sauvés de la mort tous les trois. Et ça, c'est génial !

La mer

La plage

La mer, c'est la piscine du bon Dieu qu'est tellement gentil qu'il nous la prête ! J'adore me promener sur son sable quand personne n'est passé avant, comme ça les pieds des oiseaux sont bien dessinés. Ils sont jolis, tout fins, et d'après leur taille, je peux deviner combien ils étaient. Quand les traces s'arrêtent, je sais qu'ils se sont envolés de là, je regarde le ciel, même s'ils n'y sont plus depuis longtemps.

Après, j'aime bien raconter leur voyage que j'imagine à mes statues. Ça devient la vérité, pas tout à fait, mais presque.

Un coup de cœur

Kao et moi, on s'est promenés sur la plage tout un matin. Au milieu du sable, un maître nageur réparait sa chaise pour quand il y aurait du monde. Il m'a parlé gentiment, mais ça m'a mis en colère de le voir fumer. Je l'ai dit à Kao qui n'a pas compris tout de suite, alors j'ai expliqué : « Si tu es noyée et qu'il te sort de l'eau, tu aimerais qu'il te fasse le bouche-à-bouche alors qu'il pue la cigarette ? Tu aimerais revenir dans la vie s'il te souffle de l'air qui sent mauvais, dégoûtant ? »

Elle a tellement ri qu'elle est tombée par terre, et ça m'a vexé. En plus, elle a été tout raconter au maître nageur, sans comprendre que ça devait rester un secret entre nous. Mais j'ai vite pardonné parce qu'il a dit qu'il était fier de connaître mes idées ! Il a même promis d'arrêter de fumer et il m'a offert les deux poissons qu'il avait pêchés.

J'ai eu la permission de les vider tout de suite au bord de l'eau, et j'ai fait comme si j'étais le chirurgien de Ninia : j'ai ouvert les ventres très très doucement. Quand on ne connaît pas, on croit que c'est dégoûtant, mais non, c'est juste tout mou et glissant. Le plus gros poisson avait dans son estomac une crevette encore fraîche et ça m'a rendu triste qu'elle soit morte pour rien.

Après, j'ai pris un cœur, je l'ai montré à Kao avec une tête très sérieuse en disant : « Regarde, j'ai trouvé un trésor dans son ventre ! » Juste quand Kao a mis le nez audessus de ma main – juste juste –, j'ai appuyé sur le cœur, et pfffff !, il est parti comme une fusée, direct dans son œil. Ça a tapé tellement fort qu'elle a crié en se cachant la figure dans le coude.

Au début, j'ai rigolé en faisant bien attention qu'elle ne me voie pas, mais j'ai fini par avoir peur, parce qu'elle n'a pas bougé pendant trop longtemps. J'ai touché son épaule et j'ai demandé gentiment :

— Excuse-moi, je ne savais pas que ça faisait si mal, un coup de cœur !

Alors elle a levé le coude, elle m'a regardé avec ses yeux rouges pleins de larmes, et elle a explosé :

— Poète tu es né, poète tu resteras, mon Ninio !

Et elle m'a serré dans ses bras tellement fort que je ne pouvais plus respirer.

La musique

Quand on a voulu remarcher, le vent était devenu très fort et le sable nous picotait les jambes, comme des becs d'oiseaux qui toc-toquaient pour rentrer dedans, ou des aiguilles pointues qui voulaient faire des trous. À la fin, nos pieds étaient comme des statues de sable, très jolies, mais on ne pouvait pas rester plantés là toute la vie ! En plus, la pluie est arrivée et tout a commencé à fondre, alors on est repartis en mettant nos capuchons.

Je n'ai pas marché vite, parce que j'aime bien le bruit des gouttes d'eau sur ma tête, on dirait une musique du ciel rien que pour moi ! Et quand le soleil est revenu, il y a eu un arc-en-ciel tellement joli que j'ai photographié ses couleurs dans ma tête pour ne jamais les perdre.

Le diable

Avec la pluie, le sable était devenu comme de la pâte à modeler. J'ai fabriqué une statue avec pendant que Kao se reposait sur un rocher, et on l'a regardée ensemble à la fin, debout tous les deux. Je la voyais entière pour la première fois : c'était un personnage avec un corps tout maigrichon et trois têtes énormes. La première avait un seul œil qui faisait une grimace horrible, la deuxième rigolait bêtement avec une bouche où il y avait juste deux dents, et la troisième avait des yeux comme des soucoupes méchantes.

J'ai regardé tout ça que j'avais fabriqué avec mes mains et qui faisait très peur. J'ai crié « mais c'est le diable ! » en déguerpissant à toute vitesse. Mais même loin je n'étais pas tranquille, alors je suis revenu pour piétiner le sable autant que j'ai pu.

À la fin, il n'y avait plus rien de la statue, sauf l'image dans ma tête. Je vais essayer de l'oublier, mais je parie qu'elle va ressortir un jour, comme les cauchemars que je n'arrive pas à gommer tout à fait.

La mort

La plage ressemble à une poche lisse où la main est tranquille, mais la forêt, c'est une poche pleine de plis où la main perd un peu la tête. On ne voit pas son bout du bout, même avec les yeux ouverts en grand ; alors, il vaut mieux rester toujours ensemble, comme j'ai demandé à Kao.

On a marché sans faire de bouquets, je ne les aime pas plus que les bonzaïs. Eux, on les coupe pour rester petits et mignons, les fleurs, pour faire joli et être mortes. Il leur reste juste à raconter la vie d'avant en se tenant droites dans un vase comme des soldats au garde-à-vous !

Par terre, il y avait des fourmis qui transportaient deux abeilles mortes. C'était lourd pour elles, elles faisaient un relais pour s'aider : il y en avait qui s'arrêtaient, d'autres qui continuaient.

Je les ai montrées à Kao en me frottant le ventre :

— Regarde, c'est difficile pour y arriver, mais qu'est-ce qu'elles vont se régaler ce soir !

Elle a été surprise :

— Parce que tu crois qu'elles aiment les cadavres d'abeille, toi ?

Et j'ai dû lui expliquer :

— Non, ça doit être tout sec, mais dedans elles vont trouver du miel, et ça, elles adorent ! En plus, je suis content que l'abeille ne soit pas morte pour rien, mais pour quelque chose de bien.

Ça lui a fait demander si j'avais peur de la mort, et j'ai réfléchi avant de raconter la fois où Papa a égorgé un lapin, tellement près de moi que j'ai reçu des gouttes de sang sur la main. On aurait dit de la gélatine un peu chaude qui chatouillait.

Je n'ai pas eu peur du tout, juste pitié, parce qu'un peu avant, le lapin mangeait une fleur tranquillement. Il n'avait rien deviné.

Qui on était quand on est né ?

J'ai essayé de répondre à la question sur la mort, mais il y en a une, je ne sais vraiment pas : comme on est des prématurés, Ninia et moi, on est restés longtemps dans une couveuse. Alors je me demande : est-ce qu'on était dans la vie quand on est nés et qu'on n'était pas encore finis, ou quand on est sortis de là et qu'on était tout complets ?

Moi-même

Le crâne qui rit

Une nuit, je lisais dans mon lit une histoire tellement belle que je n'ai pas voulu dormir sans la finir. Alors j'ai mis la lampe de chevet sur l'oreiller pour que Maman ne voie pas trop la lumière.

Mais je me suis endormi et j'ai même commencé à rêver que j'étais dans la maison du magicien de mon livre. Il faisait des tours juste pour moi, on s'amusait tous les deux, j'avais chaud et j'étais très bien. Et puis j'ai eu de plus en plus chaud, jusqu'à un moment où j'ai écarté un peu la main et elle a eu trop chaud, beaucoup trop chaud, tellement que ça m'a réveillé. La chambre n'était plus éclairée et il y avait plein de fumée autour de moi. Je toussais sans pouvoir m'arrêter et Papa est arrivé en courant parce qu'il m'avait entendu. Avec la lumière du couloir, on a pu voir que ma lampe était tombée sur le lit et avait brûlé les draps qui étaient tout marron sur le côté. Je n'ai pas eu le temps d'avoir peur, parce que Papa m'a sorti de la chambre et il est revenu seul éteindre le feu qui continuait à brûler le lit, sans flamme, mais avec beaucoup de fumée.

Le lendemain, Maman a crié, Papa a accroché la lampe au mur, comme ça, je ne peux plus y toucher. Moi, je me suis dit que si je ne m'étais pas réveillé assez vite, j'aurais brûlé en entier et j'aurais été chez le bon Dieu, avec mon crâne tout noir comme dans les bandes dessinées.

Qu'est-ce qu'il aurait pensé, le bon Dieu, en voyant arriver un crâne qui rit ? Il m'aurait reconnu ?

Mon âme

Kao a expliqué qu'une âme, elle est à l'intérieur de nous, et comme l'air qu'on respire, on ne peut pas la toucher avec le doigt, on ne peut pas la voir avec les yeux, on ne peut pas l'entendre avec les oreilles, mais on ne peut pas vivre si elle n'est pas là.

Alors maintenant, je sais : quand je ne suis pas bien, mais sans avoir mal spécialement quelque part, ça doit être que j'ai mal à mon âme.

Je ne suis pas personne

Debout avec le soleil dans ses cheveux, la tête de Kao, sur le mur, ça faisait des oreilles de singe. Un tout petit, mignon. Je lui ai dit, mais elle a détesté ! Elle a grogné qu'on n'est pas au zoo. Déjà que tout le monde l'appelle Kaola parce que je trouvais qu'elle ressemblait à un koala quand j'étais petit et que je prononçais mal !

Je ne l'avais jamais vue aussi fâchée et je ne savais pas qu'elle était susceptible ! Même si j'ai expliqué que le singe sur le mur était mignon et intelligent, même si j'ai dit qu'elle m'appelait têtard quand j'étais bébé, que Maman me traitait de pingouin, ça n'a rien arrangé. Elle m'a demandé de la laisser tranquille et elle a décidé qu'à partir de maintenant, elle n'allait plus me connaître.

Ça ne m'a pas embêté au début, je lui ai rappelé que j'étais son neveu, donc qu'elle était obligée de me connaître. Mais elle a répété que pour elle, ce n'était plus vrai, je n'étais plus personne, terminé.

Ce qui a commencé à me faire bizarre, c'est qu'elle ne me regardait pas. Encore pire : ses yeux passaient devant moi sans me voir, comme si j'étais devenu une vitre transparente.

Alors je lui ai secoué la main en disant : « Je suis ton neveu, le frère de Ninia qui a eu une greffe, le fils de ton frère chez qui tu habites depuis dix jours ! Je ne suis pas personne ! »

Mais ses yeux ne s'arrêtaient pas. Ils étaient tellement pleins de rien du tout que ça m'a donné envie de pleurer, alors j'ai couru me cacher dans ma chambre. J'ai fermé les volets avant de me mettre au lit sous les couvertures, même s'il faisait chaud, j'ai transpiré comme dans les cauchemars où je suis prisonnier, avec en plus la peur de ne pas savoir si ça allait beaucoup durer.

Je ne sais pas combien de temps je suis resté seul avant que Kao vienne. Elle a allumé la lumière en demandant si j'allais bien, mais je n'ai rien répondu. Je me suis juste levé pour éteindre et je suis retourné dans le lit. Elle a ouvert les volets en expliquant que ce n'était pas l'heure de dormir, alors je me suis fâché, j'ai jeté les couvertures, j'ai pris ma carte d'école, je suis monté sur un tabouret, je lui ai mis la carte sous les yeux, tellement près qu'elle était obligée de voir ; et dans l'oreille, je lui ai crié tellement fort qu'elle était obligée d'entendre : « Là, il y a ma photo, là il y a marqué où je suis né et quand je suis né. Si tu sais calculer, ça fait huit ans et demi, alors, si tu dis encore que je suis personne, c'est que tu es folle dans ta tête et tu dois voir le docteur ! »

Je ne suis pas un robot !

Maman me commande toujours, incroyable ! « Range ta chambre, change tes habits, fais tes devoirs ! » On dirait que je suis un robot qu'elle télécommande, elle appuie sur un bouton, hop ! Ça doit marcher. Je ne fais pas toujours ce qu'elle veut pour qu'elle arrête, mais ça ne sert à rien.

La fois où j'étais le plus fâché contre elle, c'est quand on a été à la fête de mon cousin. Je ne voulais pas y aller ni mettre mes beaux habits, mais elle m'a obligé.

Je suis monté sur le plus haut toboggan et j'ai glissé, glissé, glissé. J'étais tellement content d'aller vite que j'ai tout oublié, mais avec l'élan, schstak !, quand je suis arrivé en bas, je suis tombé direct dans une flaque de boue toute noire ! C'était affreux ! Affreux ! Dégoûtants mes beaux habits, dégoûtants mes souliers neufs, dégoûtants mes cheveux ! En plus, en essuyant la boue sur mes yeux, je suis devenu aveugle tellement j'en ai rajouté au lieu de l'enlever ! Jamais je n'ai été comme ça, jamais de jamais !

Le pire, c'est qu'en plus d'être sale, j'étais en colère d'avoir fait comme on m'avait dit, pas comme je voulais, avec un résultat horrible et tout le monde qui se moquait de moi.

Ça m'a fait pleurer pour de vrai, mais j'ai raconté que c'était la boue dans mes yeux qui donnait des larmes. Heureusement qu'on m'a cru !

La vie

Quand j'étais petit, je faisais toujours le même rêve.

On marchait dans une forêt, Grand-Père, Papa et moi.

D'abord, Grand-Père est tombé dans un trou. On a continué Papa et moi.

Ensuite, Papa est tombé dans un trou et j'ai continué tout seul. Mais j'avais peur, parce que je savais que moi aussi j'allais tomber dans un trou.

Quand j'ai grandi, j'ai raconté ce rêve à Grand-Père qui l'a appelé « la vie », et il n'est plus revenu. Il m'a laissé tranquille quand il a eu un nom.

Des leçons !

Dendor

Notre femme de ménage, je l'avais appelée Dendor, parce qu'elle avait une dent en or qu'on voyait bien quand elle riait. Je l'aimais beaucoup et quand elle arrivait le lundi pour laver le linge sale de la semaine, je courais lui ouvrir la porte pour qu'elle me serre fort contre elle. C'était tout doux et tout chaud et j'adorais ça.

Un jour, Papa a acheté une machine à laver d'occasion, une grande, avec un ventre énorme. Pendant toute la semaine, Maman a joué avec comme si elle était une petite fille. Elle a lavé tout ce qui était très sale, et après ce qui était un peu moins sale, et encore après, elle a lavé même ce qui était propre. Et aussi les rideaux du salon. Ça lui plaisait beaucoup, elle n'arrêtait pas de dire : « Mais c'est ma vie qui va changer avec ça ! »

Le lundi d'après, quand Dendor est arrivée, j'ai couru lui ouvrir la porte comme d'habitude, et après ses bisous et ses câlins, je lui ai dit :

— Tu vas pouvoir te reposer maintenant, tout est propre sans que tu t'embêtes, parce que Papa a acheté une machine à laver !

Elle a arrêté de me chatouiller et de rire, elle a posé son sac sur la table de la cuisine et elle s'est assise en disant très lentement :

— Si tout le monde achète une machine à laver, qu'est-ce que je vais devenir, moi ? Et comment je vais nourrir mes enfants ?

La suite, je n'ai pas du tout envie de la raconter, mais je dois le faire. Dendor s'est mise à pleurer et Maman qui est arrivée à ce moment-là m'a tiré les oreilles en me disant d'aller dans ma chambre m'occuper de mes affaires. Je suis parti en courant et en pleurant moi aussi. Mais ce n'était pas à cause de mes oreilles qui ne faisaient même pas mal, c'était à cause de la tristesse de Dendor.

L'œuf et le puits

Le vieux puits, c'est interdit de lui ouvrir le couvercle, et même si j'ai essayé, je n'y suis pas arrivé. J'étais embêté, parce que j'avais envie de savoir ce qui arrive à un œuf qu'on jette dedans : il se casse, il reste entier sur le dessus de l'eau, ou il va tout au fond ?

Avec Kao qui a bien voulu m'aider, on a fait très attention à rester sur le rebord du puits avant de soulever le couvercle. J'ai pris mon œuf entre deux doigts et je l'ai laissé tomber en lui soufflant « bon voyage ».

Mais rien ! On n'a pas entendu de plouf, on n'a rien vu, même en se penchant tant qu'on pouvait, c'était tout noir avec un bruit un peu moins fort que les vagues dans la mer. Et comme on ne savait pas ce qui était arrivé à notre ami l'œuf, il ne restait plus qu'à l'imaginer.

Je lui ai encore souhaité « bon voyage pour le paradis », et, ce que j'ai trouvé tellement bien que j'y ai joué longtemps, c'est l'écho qui répétait mes mots même si je parlais très bas.

J'étais vraiment content, parce que ma voix restait vivante encore un peu au lieu de mourir tout de suite.

La poupée chauve

Je déteste les jouets de Ninia, je les déteste ! Quand elle est avec eux, on dirait qu'elle les préfère à moi, et la pire, c'est la poupée chauve ! Alors celle-là, pour me venger, depuis que ma sœur est partie, je l'ai emprisonnée dans un sachet du supermarché.

Le problème, c'est qu'en faisant le ménage, Kao a tout mis dans la poubelle sans regarder. Heureusement que je suis rentré dans la chambre juste après !

À peine j'ai vu que le sachet n'était pas là, j'ai couru demander, et quand j'ai appris qu'il avait été jeté, ça m'a fait des flammes et de l'électricité partout ! Ça criait dans ma tête : « La poupée chauve, je la déteste, mais elle doit être là quand Ninia reviendra de sa greffe ! Elle doit la retrouver, obligé ! »

Mes yeux pleuraient tout seuls. Les grands ne doivent pas le faire, je sais, mais ce qui est bien avec les larmes, c'est qu'elles nettoient la tête comme l'eau nettoie le parterre sale !

Kao s'est mise à genoux pour me consoler, et puis elle a sauté comme un tire-bouchon en disant « peut-être qu'ils ne sont pas trop loin » et elle a couru dehors, pieds nus. J'ai suivi sans me moquer et on est partis dans la voiture.

En voyant le camion d'ordures dans la rue derrière, mon cœur a tapé fort comme un tambour ! Les hommes qui conduisaient étaient d'accord pour chercher la poupée au milieu des saletés, mais il fallait les suivre au dépôt.

Là-bas, ils se sont garés dans un endroit un peu vide, ils nous ont donné des gants et des masques, on était obligés de les mettre même si ça ne stoppait pas vraiment les mauvaises odeurs. Ensuite, ils ont commencé à renverser les ordures, lentement.

J'aime bien quand elle est maligne, Kao, vraiment bien ! Là, elle a vu que les sachets du début ne venaient pas du supermarché à côté de la maison. Alors, elle a dit de continuer à verser jusqu'à ce qu'on reconnaisse les bons dessins.

Après, c'était le plus dur ! Il fallait ouvrir les sacs un par un et regarder dedans. C'était moche, je n'ai pas envie de raconter pour vite débarrasser ma cervelle de ces saletés. Je veux juste garder l'image de Kao quand elle a levé le bras en criant « la voilà ! ». Ma tête a vraiment chanté « ouf, ouf et re-ouf ! ».

La poupée dans mes mains, je l'ai trouvée la plus belle du monde, même si elle était sale en plus d'être chauve. Elle était contente d'être sauvée, ça se voyait, et moi, j'ai complètement oublié qu'avant je ne l'aimais pas du tout.

L'odeur du dedans

Le soir, j'ai lavé la poupée qui était devenue la reine de la maison, et après j'ai pris un bain chaud, chaud, chaud. On ne voyait rien tellement il y avait de buée, je ne retrouvais même pas mes mains.

À la fin, en me rinçant, j'ai caressé gentiment mon épaule droite, là où il y a mon bon ange gardien qui avait bien travaillé, et j'ai tapé mon épaule gauche, là où y'a le mauvais ange. Dès que je peux, lui, j'essaye de le fatiguer.

Dans le lit qui était blanc et plus propre que d'habitude, j'ai dit à Kao qu'elle sentait bon. Elle a répondu : « Je n'ai même pas de parfum ! Tu trouves tout bon maintenant à cause des saletés qu'on a respirées. »

J'avais trop sommeil, je n'ai pas réussi à expliquer à voix haute que c'est son odeur du dedans qui est bonne, pas ce qu'elle rajoute par-dessus.

Le mensonge embêtant

Quand mon cousin a passé la nuit à la maison, j'étais content de lui laisser mon lit, et moi, Maman m'a installé un matelas par terre. On a joué et rigolé longtemps, mais même si on ne faisait pas trop de bruit, Papa est venu nous dire d'arrêter pour nous reposer maintenant.

Mon cousin, très vite, sa respiration est devenue comme une musique, et j'ai compris qu'il dormait. Moi, je n'y arrivais pas. Je me retournais dans tous les sens, et ce qui m'embêtait le plus, c'était une mauvaise odeur dans la chambre. Rien à faire ! Je ne pouvais quand même pas me boucher le nez pour m'endormir !

Je me suis levé pour chercher ce que c'était, j'ai reniflé un peu partout et j'ai compris : les chaussures de mon cousin à côté de la porte ne sentaient vraiment pas bon ! Je les ai portées sur le balcon, là où elles ne dérangeaient personne, et après ça, j'ai dormi vraiment tout de suite.

Le lendemain matin, Maman et Papa avaient des têtes en désordre. Ils ont dit qu'un voleur avait grimpé sur notre balcon dans la nuit et avait pris tout le linge. Maman répétait tout le temps : « Vous vous rendez compte, heureusement qu'il n'est pas rentré dans la maison, heureusement ! »

On n'a pas pu sortir tout de suite parce que la police devait venir pour l'enquête, et pendant qu'on l'attendait, mon cousin était très embêté. Il cherchait ses chaussures en répétant : « Je suis sûr, je les ai rangées dans la chambre, juste à côté de la porte. Je ne comprends rien ! ». Je ne pouvais quand même pas dire que je les avais sorties dehors parce qu'elles puaient, ses chaussures !

Maman m'a regardé droit dans les yeux en me demandant : « Tu n'y as pas touché, tu es sûr ? » J'étais très embêté, mais j'ai répondu que je n'avais touché à rien. Quand les policiers sont arrivés, ils ont regardé partout sur le balcon et ils ont dit que le voleur était aussi rentré dans la maison puisque les chaussures avaient disparu, et qu'on ferait mieux de fermer les portes à partir de maintenant.

Alors depuis ce matin, Papa et Maman ne vont jamais au lit sans faire un tour par la porte du balcon pour vérifier qu'elle est bien fermée.

Et mon mensonge, tous les jours, tous les jours, je me le rappelle, je ne peux même pas l'oublier !

Les pigeons

Des fois, mes statues et moi, on trouve Kao pas très futée ! C'est vrai, quoi ! Elle croyait les pigeons intelligents comme les hommes qui vont aux toilettes quand ils ont besoin ! Elle n'avait pas pensé qu'ils ne savent pas à l'avance, alors c'est n'importe quand, et n'importe où qu'ils laissent tomber leurs crottes !

Je l'ai prévenue, j'ai demandé de ne pas manger dehors avec des oiseaux par-dessus nos têtes, mais elle a montré le sol en disant : « Regarde, il n'y a aucune saleté ». J'ai trouvé ça bête, ce n'est pas parce qu'il n'y avait encore rien qu'ils ne feraient rien, au contraire ! Elle s'est énervée, elle a demandé d'être confiant avec la vie et de ne pas penser tout le temps aux choses les pires.

Je n'ai rien compris, mais j'ai arrêté de parler à cause de sa tête fâchée et j'ai gardé mon sandwich bien enveloppé pendant qu'elle mangeait. La faim, c'est une mauvaise amie, il faut s'en débarrasser vite, mais il y a des fois où il vaut mieux attendre un peu.

Et puis schstak !

Je n'ai pas rigolé, je promets, quand une crotte de pigeon est tombée sur le pain de Kao, schstak ! Elle, elle s'est transformée en statue, vrai de vrai !

C'est moi qui ai pris son sandwich dégoûtant pour le jeter. C'est moi qui ai essuyé avec des Kleenex ses doigts mous comme de la pâte à modeler, un par un. Et c'est moi qui l'ai tirée pour repartir tellement j'étais embêté de la voir aussi triste.

J'ai posé plein de questions, pour lui faire oublier, et quand elle a répondu, sa voix voulait dire « laisse-moi tranquille un peu », mais elle ne le disait pas, parce qu'elle est bien élevée.

L’amour

Les étoiles de jour

Je me suis tapé le pied contre le mur en courant répondre au téléphone. Mon petit doigt a pris un coup qui a fait monter de l'électricité tout partout jusqu'à ma tête, et je promets que je ne mens pas, j'ai vu des étoiles en plein jour.

Mon cœur battait très fort quand j'ai parlé. J'ai demandé à Maman si elle l'entendait, elle a dit :

— C'est pour moi qu'il bat comme ça ?

J'ai expliqué :

— Non, c'est parce que j'ai couru pour décrocher.

Alors elle m'a commandé avec une voix pas contente :

— Passe-moi ta tante.

L'odeur la plus pire

Je l'aimais beaucoup, mon chat, dommage qu'il ait fait une bêtise !

Il était sur le lit, je lui racontais une histoire en le caressant tranquillement et je n'ai pas compris pourquoi il restait sans bouger, les yeux ouverts en grand.

Maman est rentrée, elle a reniflé plusieurs fois en disant « il y a une odeur bizarre, ça sent le chaud dans cette chambre ! » Le chat s'est sauvé à toute vitesse en me laissant seul pour les explications.

Elle s'est approchée du lit, et partout où elle mettait la main, elle trouvait du pipi, encore, encore, et encore. Il y en avait sur les deux couvertures, les deux draps, le matelas, même au bord de l'oreiller. Partout ! Tellement de pipi pour une bête si petite, c'était incroyable !

Lui, il a disparu, on n'est plus jamais arrivés à le revoir et j'ai cru qu'il était parti vivre avec des amis chats.

Dix jours après, il y avait une odeur affreuse dans la chambre, vraiment affreuse ! On a tout bougé, nettoyé à fond, rangé, mais ça puait encore et on ne savait pas pourquoi, jusqu'à ce qu'on trouve mon chat mort dans l'armoire à chaussures. Sûr qu'il s'était caché là de peur et de honte, et sûr qu'il n'est pas arrivé à ressortir !

Je ne peux pas expliquer combien c'était terrible de le découvrir comme ça, je ne peux pas ! Et tout le temps qu'on l'a mis dans la terre, j'ai pensé qu'il ne méritait pas de mourir juste pour le pipi. J'avais honte, qu'est-ce que j'avais honte !

Mais ça ne servait à rien du tout, sauf que maintenant, l'odeur la plus pire, je sais que c'est celle de quelqu'un qu'on a oublié.

Les tasses

Sans faire exprès, en lavant la vaisselle, Kao a fait rentrer deux tasses, une dedans l'autre. Elle s'énervait dessus à essayer de les séparer, et ça ne lui a pas plu de m'entendre dire : « Attention ! Tu vas les casser ». Elle m'a demandé de l'aider au lieu de lui donner des conseils gratuits.

Les deux tasses dans mes mains, je les ai trouvées très jolies, comme un kangourou avec son bébé dans la poche, ou deux amoureux très amoureux. J'avais juste envie de les laisser tranquilles ensemble et je l'ai dit.

Kao a trouvé que je philosophais par paresse, alors qu'avec du savon, je pouvais détacher les tasses facilement. J'ai répondu : « Tu ne dois pas penser comme ça. Elles sont tellement près que, si on tire trop, on les casse. C'est comme les jumeaux collés, pour les séparer, on arrache la peau, et leur dedans aussi, même si ça ne se voit pas. Ils ont expliqué ça à la télé ».

Elle a demandé de penser à Maman qui aimerait les retrouver normales, et j'ai fait semblant d'accepter. Mais je sais très bien qu'elle va oublier, et moi, je vais garder les tasses, une dedans l'autre pour la vie.

À côté de mes statues, elles vont être les reines de l'amour !

Le cœur qui rit

Dans la boîte à couture, il y a deux aimants pour ramasser les aiguilles éparpillées. J'aime bien jouer avec : je les mets dans un sens, hop ! Ils courent s'embrasser entre eux, je les mets dans l'autre sens, hop ! Ils se repoussent comme s'ils se détestaient. Les amoureux font pareil.

Je suis tombé dans un piège en montrant le jeu à Kao. Elle a demandé : « C'est quoi, être amoureux ? » J'étais embêté. C'est difficile de répondre, ce n'est pas juste qu'on aime bien quelqu'un. Je me suis appliqué pour parler de mon amoureuse, sans dire son nom, parce que c'est un secret : quand je la vois, mon cœur rit tout seul.

Ça lui a plu, à Kao ; elle a encore dit : « T'es un poète, Ninio », et aussi qu'elle ne sait pas ce que c'est l'amour. Elle ment ! Je lui ai rappelé le maître nageur qui l'aimait tellement qu'il portait ma sœur dans la pente tout le temps. Ça nous arrangeait bien tellement il faisait chaud et la route était longue, à pied, jusqu'à la voiture.

Elle a juré, craché qu'elle ne se souvenait plus de ce maître nageur, mais mes statues, quand je leur ai raconté, elles ont bien rigolé !

Pourquoi ?

La grande aventure

Kao et moi, on a eu une aventure incroyable dans la mer, incroyable, incroyable !

On est retournés à la plage juste pour se promener, mais l'eau était tellement bleue qu'on a décidé de nager, même s'il faisait un peu froid et qu'on était tout seuls.

J'ai pris de l'avance pour m'approcher du gros rocher arrondi, je nageais vraiment comme une grenouille et l'eau était mon amie.

Après, il y a un moment où quelque chose a commencé à ne plus être normal. Les vagues devenaient très grandes, je n'arrivais plus à voir Kao, et surtout je pouvais faire tous les mouvements que je voulais, ça ne servait à rien. J'essayais d'avancer droit, mais j'allais à gauche où il y avait plein de petits rochers pointus. Je m'approchais d'eux tellement vite que j'ai imaginé ma tête taper dessus et exploser comme un pop-corn sur le couvercle d'une casserole ! J'ai eu très très peur ! Mes yeux se sont fermés, mes bras tapaient l'eau dans tous les sens, je grelottais, et j'ai bu la tasse je ne sais pas combien de fois.

Au moment le plus dur, Ninia est arrivée dans ma tête pour me rappeler qu'elle était ma sœur jumelle et que je ne devais pas la laisser seule sur la Terre en me noyant bêtement.

Alors j'ai eu plus de force, j'ai tendu mon corps comme une arbalète, j'ai sorti la tête de l'eau le plus possible pour respirer, et j'ai tenu, tenu, en voulant très fort que Kao arrive. Pas juste pour moi, pour Ninia aussi. Tout le temps où je suis resté comme ça, je claquais des dents en ouvrant les yeux de force, parce que la mort, c'est la grande sœur du sommeil et ce n'était pas le moment de dormir. Interdit !

Ouf ! Enfin elle est arrivée, Kao, mille fois ouf ! Elle m'a pris sous les bras et m'a soulevé vers le haut. J'ai respiré, craché, toussé avec le hoquet en gigotant comme un fou. Ensuite, je ne me souviens plus. Je pense que c'est ça, être évanoui : on croit qu'on dort même si ce n'est pas la nuit et qu'on n'est pas dans un lit.

Quand je me suis réveillé, j'étais sur le sable, Kao penchée sur moi. Incroyable comme ses yeux étaient pleins d'eau et de lumière en même temps, incroyable ! Ça brillait de partout et ça dégoulinait et c'était trop beau. Tellement beau que j'ai dit : « Whaou ! Tes yeux sont des soleils mouillés. »

Alors, elle a tout mélangé. Elle a ri et pleuré et ses yeux étaient des millions de milliards de soleils mouillés, et il ne fallait pas lui essuyer les larmes, surtout pas, parce que c'étaient elles qui faisaient les lumières de partout. Et quand elle a eu des hoquets, c'est devenu comme j'avais encore jamais vu de ma vie : un feu d'artifice avec plein plein plein de couleurs dorées qui explosaient autour d'elle ! C'était tellement beau que j'ai fermé et ouvert les yeux en grand, plusieurs fois, pour être bien sûr que ce n'était pas la nuit et que je ne rêvais pas.

Le flamant rose

On était comme des fous contents quand on est rentrés à la maison. On parlait beaucoup, on avait des sourires tout le temps et on n'arrêtait pas de s'embrasser.

Le soir dans le lit, je n'ai pas laissé Kao mettre la main sur mes yeux. Je suis un vrai grand, maintenant, mes personnages de la nuit, je n'en ai plus peur. Et elle, c'est mon amie, celle que je préfère, avec qui je n'aurai plus jamais honte de toute ma vie.

Mais juste avant de m'endormir, j'étais triste pour le flamant rose qui dort debout sur un seul pied. C'est tellement mieux de mettre la tête dans l'oreiller !

Le cœur dans la queue

Quand Ninia reviendra, si elle promet, juré, craché, de garder le secret, je lui montrerai l'aventure de la mer avec une expérience que j'ai préparée.

Je mets le petit et le gros poisson rouge dans la machine à laver et je choisis le programme laine doux sans essorage.

Quand le tambour tourne lentement, les deux poissons se promènent tranquilles, on dirait qu'ils sont dans leur bocal. Quand le tambour accélère, l'eau tourbillonne beaucoup, le gros poisson arrive à se tenir presque normal, mais le petit tourneboule comme une toupie. On dirait Kao et moi dans les vagues.

Mais je ne suis pas méchant. J'arrête vite la machine, parce que maintenant, je sais imaginer le petit poisson en dedans : affolé, c'est sûr, avec le cœur dans la queue, la cervelle à la place du cœur, et l'estomac, il ne sait même plus !

Pourquoi ?

J'étais tellement content d'aller à l'aéroport chercher Ninia que quand j'ai mis mes lunettes, le ciel s'est ouvert au-dessus de ma tête, large, très très large ! Et ma valise de bisous était pleine à ras bord !

Dans la voiture, Kao m'a traité d'anguille qui frétille. Ça m'a rappelé qu'à cinq ans, mes copains m'ont demandé de voir mon poisson rouge, alors le jour d'après, je l'ai mis dans ma poche pour l'apporter à l'école. Lui aussi a frétillé, le pauvre, et quand il s'est arrêté, j'ai cru qu'il était juste endormi.

À l'aéroport, pendant qu'on attendait, à chaque avion qui atterrissait j'imaginais être un oiseau qui se pose sur la vitre pour parler au pilote. Et comme on était très en avance, j'ai demandé à Kao : « Pourquoi il y a tout ça ? » Elle a répété : « Quoi ? Quoi ? » au lieu de me répondre. Dommage, parce que je voudrais bien savoir pourquoi il y a quelque chose, la greffe de Ninia, moi, tout ce qui se passe, et pourquoi il n'y a pas rien, juste rien du tout.

Table des matières

Achevé d'imprimer en France
Protection IDDN